Benni Bärenstark

Peyo

BENNI MACHT DAS RENNEN

Text: Pascal Garray und Thierry Culliford
Zeichnung: Pascal Garray

Farben: Nine und Studio Leonardo

CARLSEN COMICS

CARLSEN COMICS
2 3 4 5 06 05 04 03

Aus dem Französischen von Joachim Kaps
LA ROUTE DU SUD

Redaktion: Uta Schmid-Burgk
Lettering: Julia Höpfner-Meyer
Herstellung: Florian Enns
Druck und buchbinderische Verarbeitung:
Druckhaus Schöneweide GmbH, Berlin

ISBN 3-551-02071-X
Printed in Germany

www.carlsencomics.de

Kennt ihr Benni Bärenstark, den netten kleinen Jungen, der in Piepenhausen lebt?
Wie alle Kinder in seinem Alter liebt er Spiele und Abenteuer...
»... angenommen, die Züge A und B treffen sich an Punkt C ... «
Aber wie alle Kinder muss er mittags erst mal seine Hausaufgaben machen ...
»... um wie viel verspäten sich dann die Züge durch den Zusammenprall und die Entgleisung?« Pfff! Ganz schön knifflig!
GROAAAR
!
Das kam von draußen! Ich frage mich, was das wohl war...
Die Straße ist völlig leer! Nichts zu sehen! ... Seltsam!
RRROAAAR

Diesmal kam es von der Kreuzung! Aber von hier kann ich nichts sehen ...
Ich muss wissen, was da los ist! Schnell, meine Mütze!
Jetzt bin ich aber mal gespannt...
Oh, aber...
Was sagt man dazu? Benni Bärenstark ist doch kein kleiner Junge wie alle anderen...
Der Lärm kam aus dieser Richtung! Ich frage mich, ob...
?
Nanu? Nichts! Und die Leute dort scheinen auch nichts Ungewöhnliches gesehen zu haben ... Träume ich denn?
KONDITOREI
immer frisch
ZEITUNGEN
COMICS
RRRRR
ROOARR
RRRRR
2

Die Autoreparaturwerkstatt! Da also kommen die Geräusche her...
AUTO-REPARATUR
Ich werd mal vorsichtig einen Blick hineinwerfen...
!
Ein Rennwagen!
Der Auspuff muss gerichtet werden! Er ist sonst viel zu laut!
SCHMIER-ÖL
Benni! Was machst du denn hier?
?
Herr Fitzke! Das freut mich aber, Sie zu treffen!
Wie geht's dir, Junge?
Darf ich dir Viktor vorstellen? Er wird am Steuer dieses Wagens am »Großen Preis des Südens« teilnehmen!
Hallo, Kleiner!
?
Sie sind ein echter Rennfahrer?!
O nein! Das ist mein erstes Rennen! Eigentlich bin ich nur Mechaniker hier in der Werkstatt!
Viktor kümmert sich immer um mein Taxi! Er hat diesen Unfallwagen selbst wieder hergerichtet!
Ich fahr mal um den Block, um ihn zu testen! Das ist die erste Fahrt, seit ich ihn habe! Bin ganz schön aufgeregt...
Er hat Stunden und Stunden daran gearbeitet!
Fast so lange, wie ich für dein Taxi gebraucht habe.
Jetzt übertreibst du aber! Na, Hauptsache, es ist fertig, und ich kann mitfahren!
Was? Sie wollen auch an dem Rennen teilnehmen? Mit Ihrem Taxi?!?
3

Nun ... ganz so ist es nicht, Benni, aber schau mal da rüber ...
?
Ich werde Viktor begleiten. Wir haben meinen Wagen umgebaut, damit alles Werkzeug hineinpasst. Wenn er mal Probleme hat, hab ich alles dabei, um ihm zu helfen ...
Aha!
GLOUP OIL
Wie eine kleine Werkstatt auf Rädern, für mich ganz allein ...
Genau!
Also werden Sie ihm über die ganze Strecke folgen?
Ja! Vom Start bis zum Ziel, mein Junge!
Zumindest, wenn alles gut geht! Man weiß ja nie ...
Oh, Herr Fitzke, nehmen Sie mich mit, bitte! Ich hab schon immer davon geträumt, mal ein Autorennen mitzuerleben! Sagen Sie ja! Bitte! Bitte!
Nun, aber ...
?
Ooooh, bitte ...
Ich ... Ich weiß nicht ... Was meinst du denn, Viktor?
Ooohbitte!
Na, meinetwegen! Einverstanden!
Jipiiiii! Wir fahren ein großes Rennen!
Der »Große Preis des Südens« ist eines der größten Autorennen überhaupt.
Die Strecke, die durch Hochebenen, über gefährliche Bergrouten und schmale Landstraßen führt, hat die Besonderheit, dass sie nicht für den normalen Verkehr gesperrt ist.
So hält sie für jeden Fahrer ganz eigene Schwierigkeiten bereit, die er zu meistern hat.

Ein paar Tage später machen sich unsere Freunde Richtung Süden auf den Weg. Nachdem sie die Grenze ohne Schwierigkeiten passiert haben, kommen sie in dem kleinen Städtchen Florentina an, wo das Rennen starten soll...
Na, dann kann es ja losgehen!
Ich denke, dass die Techniker der Rennleitung vor dem Start alle Wagen ganz genau unter die Lupe nehmen...
Oh! Aber...! Ist das denn zu fassen?
Was?!
?
Da drüben steht Vince Ferarro! Der berühmte Rennfahrer!
Wenn er Rennfahrer ist, sollte er auch hier sein, oder?
Nein, das ist es ja gerade! Vor zwei Jahren hatte er einen schweren Unfall, als er in den Bergen von der Strecke abkam...
Er stürzte mit dem Wagen in eine tiefe Schlucht! Ein Wunder, dass er überlebte! Er trug nur die Verletzung am Kopf davon, von der die Narbe in seinem Gesicht stammt...
Alle haben sich damals gefragt, ob er wohl je wieder ein Rennen fahren könnte! Sieht so aus, als bekämen wir nun die Antwort...
Ein toller Fahrer! Ich habe ihn immer bewundert! Wenn er mitfährt, habe ich kaum noch eine Chance, zu gewinnen...
Wir glauben trotzdem an dich! Nicht wahr, Benni?
BENNI! ACHTUNG!

Passen Sie doch auf! Beinah hätten Sie den Jungen überfahren!!
Ist das zu fassen? Wie können Sie denn hier nur so rasen!
?
?
!
?
Was für ein süßes Kerlchen! Du hast dir doch nicht wehgetan, oder?
?
SCHMATZ
Entschuldigung, aber ich wollte rechtzeitig hier sein! Wissen Sie, wo ich mich zu dem Rennen anmelden kann?
Nun... ich... Ja, sicher, Fräulein... äh...!
Wir geleiten Sie gerne dorthin! Wenn Sie uns bitte folgen würden...
Mein Name ist Isabella Borgward! Sehr freundlich von Ihnen...
Das versteht sich doch von selbst! Wir müssen uns auch noch anmelden!
Geh bitte da runter, Benni, sonst zerkratzt du noch den Lack!
!
Nachdem alle Wagen einer genauen Prüfung unterzogen wurden, ruft der Rennleiter die Fahrer zusammen, um ihnen letzte Anweisungen zu geben...
Ob Sie alleine, mit einem Beifahrer oder mit einem Begleitwagen ins Rennen gehen: Ich bitte Sie auf der Strecke um größte Vorsicht...
Vergessen Sie nie, dass Sie sich auf öffentlichen Straßen und nicht auf einer Rennstrecke bewegen! Auch wenn wir uns bemüht haben, wenig befahrene Abschnitte auszuwählen...
Aufgrund der besonderen Bedingungen bei diesem Rennen werden die Startpositionen an jedem Abschnitt neu ausgelost...
Was für ein Schwätzer! Ich schau mir lieber mal die Wagen an!

Der rote ist schön! Und der daneben sieht fast so aus wie Herrn Fitzkes Taxi...
AY QUE VIVA LA SANGRIA DE ZARDEN
So, ich bin so weit! Und du schrei nicht so laut! Man wird uns noch entdecken...
Das Ding klemmt!
?
Entschuldigung, nehmen Sie auch am Rennen teil?
Wenn ja, dann sollten Sie da rüber zu den anderen Fahrern gehen und dem Rennleiter zuhören...
Was hast du hier zu suchen? Verschwinde! Oder muss ich dir erst Beine machen?
!
Man soll nicht fluchen! Unsere Lehrerin sagt immer, gutes Benehmen ist die Zier der Könige. Aber dann können Sie wohl kein König sein...
Na warte, du kleiner Schlaumei...
?
Hopp!
PAF
Das wird Sie lehren, sich in Zukunft besser zu benehmen!
BENNI?! HUUHUUU!
?

Das ist die Stimme von Herrn Fitzke!
HUUHUUUUU! Benni ?! Wo bist du ?
Kuckuck, hier bin ich!
Aaah!! Benni ?! Wo kommst du denn plötzlich her ?
Komm mit! Wir müssen sofort aufbrechen! Gleich fällt der Startschuss für das Rennen!
?
So, ich bin fertig! He! Stanislas ?! Wo bist du ?
17
Na, prima! Während ich wie ein Esel schufte, damit vor dem Rennen alles fertig ist, legt sich der Herr zu einer kleinen Siesta nieder!
?
Warum fahren wir schon los? Sollten wir denn nicht auf den Start warten ?
Nein, nein! Wir sind schließlich Viktors Pannendienst! Wir werden uns immer ein paar Stunden vor dem Start auf den Weg zur Mitte der jeweiligen Etappe machen...
14
So können wir schnell eingreifen, wenn unsere Hilfe gebraucht wird! Und wenn er an uns vorbeigefahren ist, folgen wir ihm für alle Fälle... Verstehst du ?
Nein, kein Wort!
Egal! Du wirst schon sehen, es ist ganz einfach!

PUBLICIDADES OBO
UNA CERVEZA CALATAYUD...
SALUD!
Mist! Eine rote Ampel! Das kommt ungelegen!
PCHHH
Potzdonner! Da scheint schon der erste Teilnehmer zu kommen! Das Rennen hat begonnen!
VROOOOOOOO
OH!
EMPRESA JOSE MONTEGRANDE FRUTAS
VROOOOOOOOO
Na, so was! Hast... hast du das gesehen?
KLICK
Er ist einfach bei Rot gefahren!!
Der will unbedingt gewinnen!
Trotzdem darf er nicht bei Rot fahren!
Na los da vorne! Grüner wird's nicht!
TRÖÖT
Ja, ja, schon gut! Ich fahr ja schon!
KLICK
TRÖÖÖT
KLICK
Einfach bei Rot zu fahren! Ich fass es nicht!
!
VROOM

Auf dem Marktplatz gehen die Teilnehmer im Abstand von je einer Minute nacheinander auf den von der Rennleitung festgelegten Kurs...
VROOM
Viktors Start zu seinem ersten Rennen verläuft ohne Probleme...
Alle neununddreißig Wagen sind jetzt gestartet, Herr Rennleiter!
Gut! Dann packen wir zusammen und begeben uns zum Ziel! Ich sage dem Piloten Bescheid!
ZZZ ?
Ah! Endlich hat die ganze Unruhe ein Ende!
Ich werde mir eine kleine Siesta in der Scheune gönnen...
?
Ich weiß zwar nicht, wie man ein Auto im Stehen fährt, aber mir kommen die Sitze grade recht!
Z

Auf einer Strecke, die alles von den Fahrern und ihren Wagen fordert, kämpft jeder hart um seine Position...
Doch dann spielt ihnen der Zufall einen ersten bösen Streich...
?
Was ist denn hier los?
Ein ziemlich langsamer Güterzug kreuzt unsere Strecke...
Und lang ist er auch!!!
Wie ungerecht! Die, die zuerst gestartet sind, haben es noch vor dem Zug geschafft!
Deshalb wurden die Startpositionen ja ausgelost! Wer weiß, vielleicht haben morgen **wir** Glück!
Vielleicht... vielleicht auch nicht! Pah!
Zwanzig Minuten und vierundfünfzig Wagen später können die Wagen das Rennen fortsetzen...
Von den sechs Wagen, die sich abgesetzt hatten, wird nur einer vor dem Etappenziel wieder eingeholt: Die Nummer siebzehn, mit bekannter Besatzung...
Der achte Platz in der ersten Etappe... Gar nicht so übel!
Bloß schade, dass uns auf den letzten Metern noch zwei überholt haben...
Egal! Hauptsache, wir bleiben unter den ersten zwanzig! Wir machen so weiter, ohne aufzufallen, und alles geht gut!
Und... du glaubst, das wird so einfach sein?
Das **muss** es! Alles hängt davon ab, dass wir es schaffen, also müssen wir es schaffen!
11

He! Viktor! Da sind wir! Und, welcher Platz?
Pah! Bloß zwölfter! Ich habe durch einen blöden Zufall über zwanzig Minuten verloren!
Hallöchen, Fräulein Borgward! Na, läuft bei Ihnen alles nach Wunsch?
Hi! Hi! Ich kann nicht klagen! Immerhin bin ich heute die fünftbeste Zeit gefahren!
Aber Sie, Viktor, sollten versuchen, aus der nächsten Etappe mehr zu machen! Bis morgen!
Gnagnagna! Sie hat ja auch keine Zeit durch diesen blöden Zug verloren! Pfft!
Ach, sie wollte dich doch nur aufziehen! Morgen werden die Karten wieder neu gemischt! Komm, wir essen und legen uns dann hin!
Ja, du hast Recht...
Am nächsten Morgen müssen Herr Fitzke und Benni sehr früh aus den Federn, damit sie sich mit dem nötigen Vorsprung auf den Weg machen können...
Na, Benni? Immer noch müde?
Benni?
Z
Ups!
Der arme Junge! Wir sind wirklich sehr früh aufgestanden! Soll er ruhig noch etwas schlafen!
12

Am Start herrscht derweil reges Treiben. Die Fahrer bringen ihre Wagen in Position, um in der neu ausgelosten Reihenfolge starten zu können...
21
Uuaaah!
Ah! Du bist wieder wach? Wir nähern uns schon der Grenze! Gleich sind wir wieder in heimatlichen Gefilden...
Gleich...?
Aber nein! Ich habe keine Ersatzteile zu verzollen! Ich habe Ihnen doch schon gesagt, dass ich an dem Rennen teilnehme ... dem großen Autorennen!!!
Sehr viel später...
Diese Dummköpfe haben uns viel zu lange aufgehalten!
PÎÎÎP PÎÎÎP
?
Potzdonner! Viktor hat uns schon eingeholt! Was für ein Tempo!
VOOOOUM
7
Doch zwei Minuten später...
OH!
13

Mir ist ein Reifen geplatzt! Ich muss über einen spitzen Stein oder einen Nagel gefahren sein... Zum Glück konnte ich den Wagen ohne sonstige Schäden zum Stehen bringen...
Wir müssen ihn sofort wechseln!
Ich bringe Ihnen einen Ersatzreifen, Herr Fitzke!
Pass aber auf, Benni!
Und nimm dich vor allem beim Raufklettern in Acht...
!
Haben Sie mit mir gesprochen, Herr Fitzke?
Äh... Nein, schon gut!
So, der alte wäre schon mal runter!
Hopp!
VROOOO
?
Schauen Sie!
Das muss einen der drei Wagen sein, die ich seit dem Start überholt habe...
VROOOOOO
Ups!
Die Vierundzwanzig! Das ist Vince Ferarro! Er ist vier oder fünf Plätze nach mir gestartet! Und jetzt ist er schon hier!
VOUMMMMMM
24
14

Mist! Diese Rakete werde ich nie mehr einholen!
Zumindest nicht auf drei Rädern! Schnell!
Der sitzt! Benni, dreh die Kurbel, so schnell du kannst, um den Wagen runterzulassen!
Schnell? Gerne!
Dann noch etwas festklopfen!
?
BOÏNG
Du meine Güte! Da kommen schon die anderen Wagen! Schnell!
Ich bin fertig!
Viktor! Lass den Motor an, während ich die Muttern festklopfe!
Nur einen Moment später...
Uff!
VROAAAAR
Pass auf, Benni! Zur Seite, da kommen die anderen!

So ein Pech ! Jetzt werde ich Ferarro kaum noch einholen können ...
Oh! Aber...
Da ist er! Der Traktor hat ihn aufgehalten !
Er traut sich nicht, in der Kurve zu überholen! Das ist meine Chance, schnell !!
?
TRANSPORTE B.LIEBIG
HUUUP
HUUUP
TRANSPORTE B.LIEBIG
Ich muss auf der Straße bleiben !!
Wenn ich Ferarros Wagen streife, ist es aus !

Puh! Ich hab's geschafft!
Aber... Wo ist Ferarro geblieben?
Donnerwetter! Er ist schon vorbei! Ich muss ihm auf den Fersen bleiben!
Und dahinten kommen anscheinend bereits die anderen!
Genug Zeit verloren! Los geht's!
VROOOOO
Jetzt aber keine Extratouren mehr bis zum Ziel!
Zur gleichen Zeit, weiter hinten...
Tja, Benni, das hat uns ein gutes Stück zurückgeworfen...
?
Was hat der denn? Warum guckt der uns so böse an?
TRANSPORTE
B. LIEBIG
Hoffentlich hat Viktor nicht noch mehr Ärger gehabt...
Da kommt wieder einer unserer Konkurrenten, Herr Fitzke!
Stimmt, Benni! Jetzt müssten uns eigentlich alle überholt haben...
Schneller, verdammt! Schneller!
Hast... hast du gesehen, wie uns der Fahrer des Lasters angeschaut hat?
17

Konzentrier dich lieber auf die Straße, statt dir Brummifahrer anzusehen!
Ich tu ja schon, was ich kann! So leicht ist das nicht!
Und außerdem sitze ich schlecht. Mir tut der Hintern weh, und...
Wenn wir nicht unter den ersten zwanzig bleiben, sorge ich dafür, dass du nie wieder sitzen kannst! Reiß dich also zusammen und gib Gas!
Ist das da vorn immer noch der Wagen von vorhin?
Ja, schnell ist der nicht gerade... Er gewinnt kaum Abstand! Vielleicht hat er einen Motorschaden?
Die beiden verdächtigen Gestalten erreichen das Ziel schließlich nur kurze Zeit vor Herrn Fitzke und Benni...
So! Das war der Letzte!
...27 und 40 Sekunden! Ich bringe die Liste gleich zur Rennleitung!
Endlich!!
Und wenige Augenblicke später...
Schau, Benni, da ist er! Huhu, Viktor! Wie war's?
Die Rennleitung ist noch dabei, die Gesamtzeiten auszurechnen! Sie haben damit gewartet, bis alle im Ziel waren...
He! Kleiner!
?
Fährst du diesen Wagen hier?
Äh... j... ja, Herr Ferarro!
Wie kann man bloß in einer so unübersichtlichen Kurve überholen wollen? Das hätte leicht ins Auge gehen können! Wo hattest du nur deinen Verstand?
Aber ich wollte dir auch dazu gratulieren, wie du die Sache gemeistert hast! Das war richtig gut!
Äh... ich... hab mein Bestes getan!
Bis morgen, Kleiner! Aber sei in Zukunft vorsichtiger!
Mein Wort drauf, Herr Ferarro!
?
Viktor, ich glaube, du schuldest uns eine Erklärung!
Ja... nun... nein... das heißt... Ich erzähl's euch später! Jetzt bin ich zu müde. Ich leg mich erst mal hin...
He! Und was ist mit dem Zwischenergebnis?
Ach... das hat auch Zeit bis morgen!
18

SPORT
AUTOMOBILSPORT
Aus der Region
DER GROSSE PREIS DES SÜDENS
Bevor die Fahrer mit ihren Wagen abermals eine Grenze überqueren und unser Land verlassen, um sich der Bergstrecke zuzuwenden, präsentieren wir hier den aktuellen Zwischenstand des Rennens.
1. Vince FERARRO – Wagen Nr. 1
Der ehemalige Champion scheint sich von seinem Unfall von vor zwei Jahren, bei dem er fast ums Leben gekommen wäre, inzwischen erholt zu haben. Bei seinem grandiosen Comeback stellt er vom Start an unter Beweis, dass er noch immer einer der schnellsten Fahrer ist.
2. Yoha PIRRUWIST – Wagen Nr. 19
Der skandinavische Fahrer, der eigentlich eher vereiste Pisten gewohnt ist, auf denen er in aller Regel trainiert, scheint sich dem für ihn ungewohnten Klima in unseren Breiten gut angepasst zu haben, wie sein sehr guter zweiter Platz belegt.
3. Andrea TEANDREPAOU – Wagen Nr. 22
Der außerhalb seines Wagens eher stille und zurückhaltende Fahrer verwandelt sich auf der Strecke in ein wahres Energiebündel. Da er mit gebirgigen Strecken sehr gut vertraut ist, dürfen wir von ihm bei der kommenden Etappe wohl noch einiges erwarten.
4. Richard TAYLOR – Wagen Nr. 2
Der Gentleman der Piste, der seinen Butler als Beifahrer zu den Rennen mitnimmt und den man praktisch nie ohne seine Pfeife sieht, holt aus seinem Oldtimer erstaunliche Geschwindigkeiten heraus. Als Mensch ist er bekannt dafür, immer für jeden ein freundliches Lächeln zu haben.
5. Isabella BORGWARD – Wagen Nr. 5
Dass man die überaus sympathische und hübsche Fahrerin nach den ersten beiden Etappen auf einem der vorderen Plätze findet, ist eine der angenehmen Überraschungen des diesjährigen Rennens. Doch ob sie sich in der Spitzengruppe halten kann, bleibt abzuwarten.
6. Viktor MARTIN – Wagen Nr. 7
Der junge Mechaniker aus Ziepenhausen hat bisher eine erstaunliche Leistung gezeigt und viele Konkurrenten hinter sich gelassen, obwohl seine technische Ausrüstung wesentlich schlechter als die der meisten anderen Teilnehmer ist, wie man alleine schon an dem etwas betagten Begleitwagen sehen kann, der für ihn im Einsatz ist.
Weite Bereiche der Strecke werden an diesem Tag für den öffentlichen Verkehr gesperrt werden, um den Teilnehmern auf dem alles entscheidenden letzten Teil des Rennens optimale Bedingungen garantieren zu können.
G. Beck
Halma
Eierlaufen
Bowling
Basketball
Fußball
Wrestling
Ah! Da bist du ja! Guten Morgen! Ich hab uns eine Zeitung besorgt! Es ist ein Artikel über das Rennen drin, in dem was Nettes über dich und deinen sechsten Platz steht! Mit Foto!
Das ist aber kein schönes Bild! Und Piepenhausen ist falsch geschrieben...
Egal! Hauptsache, Sie sind drin!
Oh, Benni, hast du mal auf die Uhr gesehen? Wir müssen los, wenn wir vor Viktor auf dem Gipfel sein wollen...
Äh... und du bist sicher, dass es klappt? Ich meine... in den Bergen...
Mach dir um uns keine Gedanken! Konzentrier dich ganz auf das Rennen, dann fährst du sicher wieder eine gute Zeit...
Viel Glück, Viktor!
Seid vorsichtig!
Leider ist nicht jeder vom Stand des Rennens so begeistert wie Herr Fitzke...
Dreiundzwanzigste!! Wie sollen wir das je wieder aufholen?!
Und dann noch in den Bergen... Bist du sicher, dass du nicht fahren willst?
19

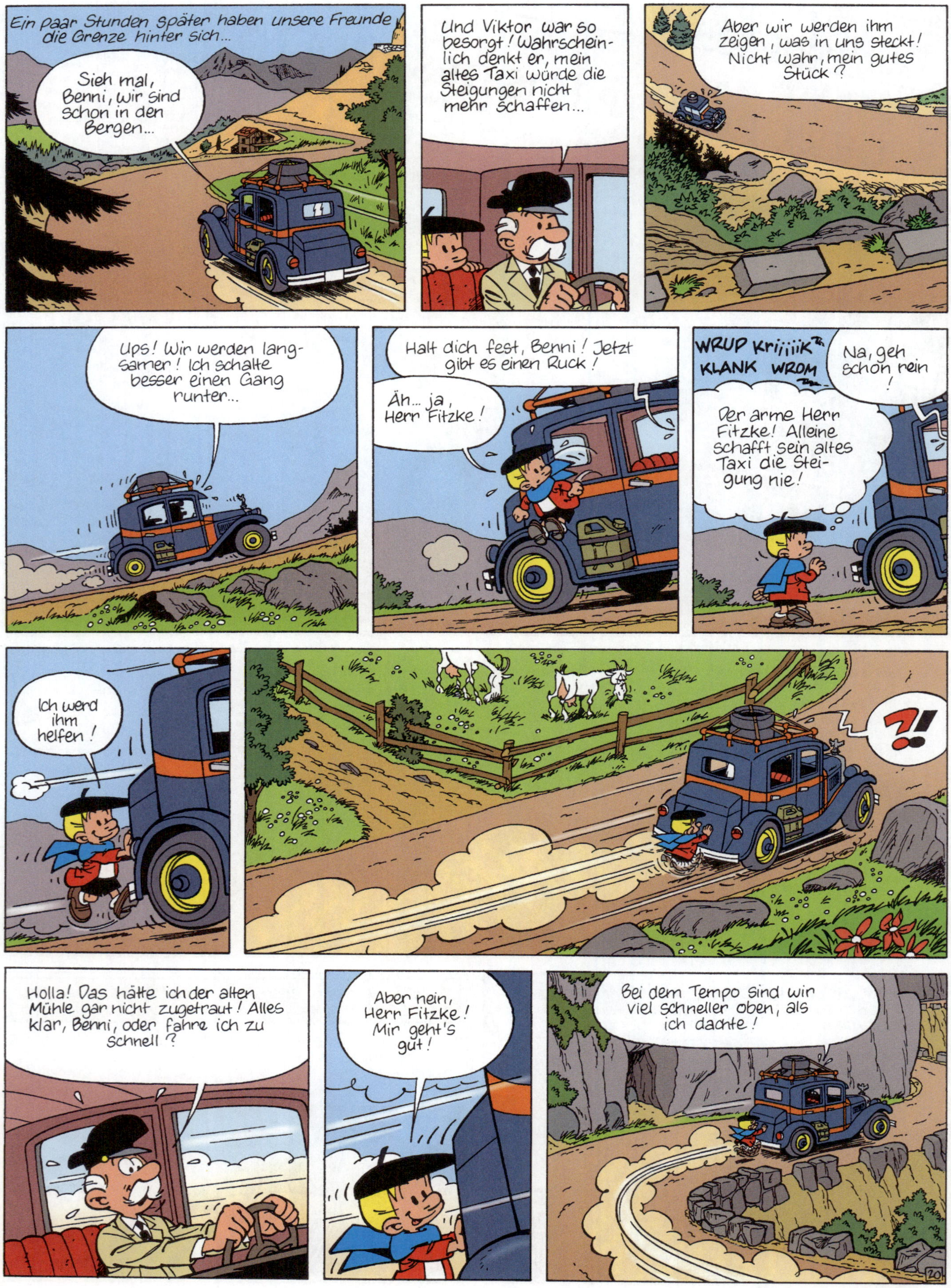
Ein paar Stunden später haben unsere Freunde die Grenze hinter sich...
Sieh mal, Benni, wir sind schon in den Bergen...
Und Viktor war so besorgt! Wahrscheinlich denkt er, mein altes Taxi würde die Steigungen nicht mehr schaffen...
Aber wir werden ihm zeigen, was in uns steckt! Nicht wahr, mein gutes Stück?
Ups! Wir werden langsamer! Ich schalte besser einen Gang runter...
Halt dich fest, Benni! Jetzt gibt es einen Ruck!
Äh... ja, Herr Fitzke!
WRUP Kriiiiik
KLANK WROM
Na, geh schon rein!
Der arme Herr Fitzke! Alleine schafft sein altes Taxi die Steigung nie!
Ich werd ihm helfen!
?!
Holla! Das hätte ich der alten Mühle gar nicht zugetraut! Alles klar, Benni, oder fahre ich zu schnell?
Aber nein, Herr Fitzke! Mir geht's gut!
Bei dem Tempo sind wir viel schneller oben, als ich dachte!
20

Viel weiter unten...
Fahr schneller! Und lass dich ja nicht überholen! Wir sind als erste gestartet und müssen unsere Position halten!
Schneller, schneller! Das ist in den Bergen nicht so einfach!
Ich hab einen Plan!
Das sehe ich! Schließlich nimmst du mir mit dem Ding schon die ganze Zeit die Sicht auf die Straße!
Ich meine nicht die Karte! Ich habe einen Plan! Und für den Plan brauche ich die Karte, du Dummkopf!
PIIIP
Aber... was war das...
Keine Ahnung! Ich war's nicht...
PIIIP PIIIP
?
!
PIIIP PIIIP
Was? Der Kerl ist schon hier?
Wie schafft der es bloß, so schnell zu fahren und gleichzeitig zu hupen?
Eins sage ich dir gleich: Wenn du willst, dass wir genauso schnell fahren, dann setz dich selbst ans Steuer!
Fahr langsamer!
Warum? Willst du jetzt selbst fahren?
Nein, Blödmann! Keiner hinter uns? Gut! Da vorne links geht ein Feldweg ab. Fahr da rein!
Aber... wozu soll das gut sein?
Das ist ein Schleichweg durch die Berge! Man kann zwar nicht so schnell fahren wie auf der Straße, aber dafür ist er dreimal kürzer...
So kommen wir bequem ans Ziel und holen außerdem noch eine Rekordzeit heraus, die uns in der Wertung wieder nach vorne bringt...
Meinst du...?
21
Ja, das meine ich! Und jetzt fahr zu!

Zur gleichen Zeit erreichen Benni und Herr Fitzke gerade den Gipfel...
Ha, ha! Benni, hast du gesehen, was noch alles in meinem alten Taxi steckt? Aber jetzt halten wir erst mal an!
Schon ausgestiegen? Na klar, du brauchst ein bisschen Bewegung, was?
Hm!
Hier warten wir erst mal auf Viktor. Ist er schon zu sehen?
Pass auf, Benni! Da geht es senkrecht runter!
Oh, ja!
Von hier aus haben wir auch seine Konkurrenten im Blick... Da kommen schon ein paar Wagen, siehst du?
Ich kann zwar die Nummern nicht erkennen, aber der rote an der Spitze muss Ferarro sein...
Holla! Der ist ganz schön schnell!
Aber Viktor ist noch nicht zu sehen!
Ich parke das Taxi auf dem Seitenstreifen und hole das Fernglas... Halt du die Augen nach Viktor offen! Ich bin gleich wieder da!
Oh! Aber... der Wagen von Herrn Ferarro ist jetzt schon zum zweiten Mal ins Schleudern gekommen... Hoffentlich geht das gut!
Da! Schon wieder! Er scheint Probleme zu haben!
Und Herr Fitzke ist nicht da... Hmm... Ich glaube...
22

Ich werde mal nachsehen! Man weiß ja nie, vielleicht braucht er Hilfe!
Meine Güte! Das ist das Ende!
Oh! Er kommt von der Straße ab!
So wird es gehen! Jetzt noch schnell das Fernglas und dann zurück! Benni wartet sicher schon...
Der Abgrund! Ich bin verloren!
Schnell! Ich kann ihn noch erwischen!
Keine Chance! Der Wagen ist völlig außer Kontrolle!
24
Hopp!
Die Schlucht!
23

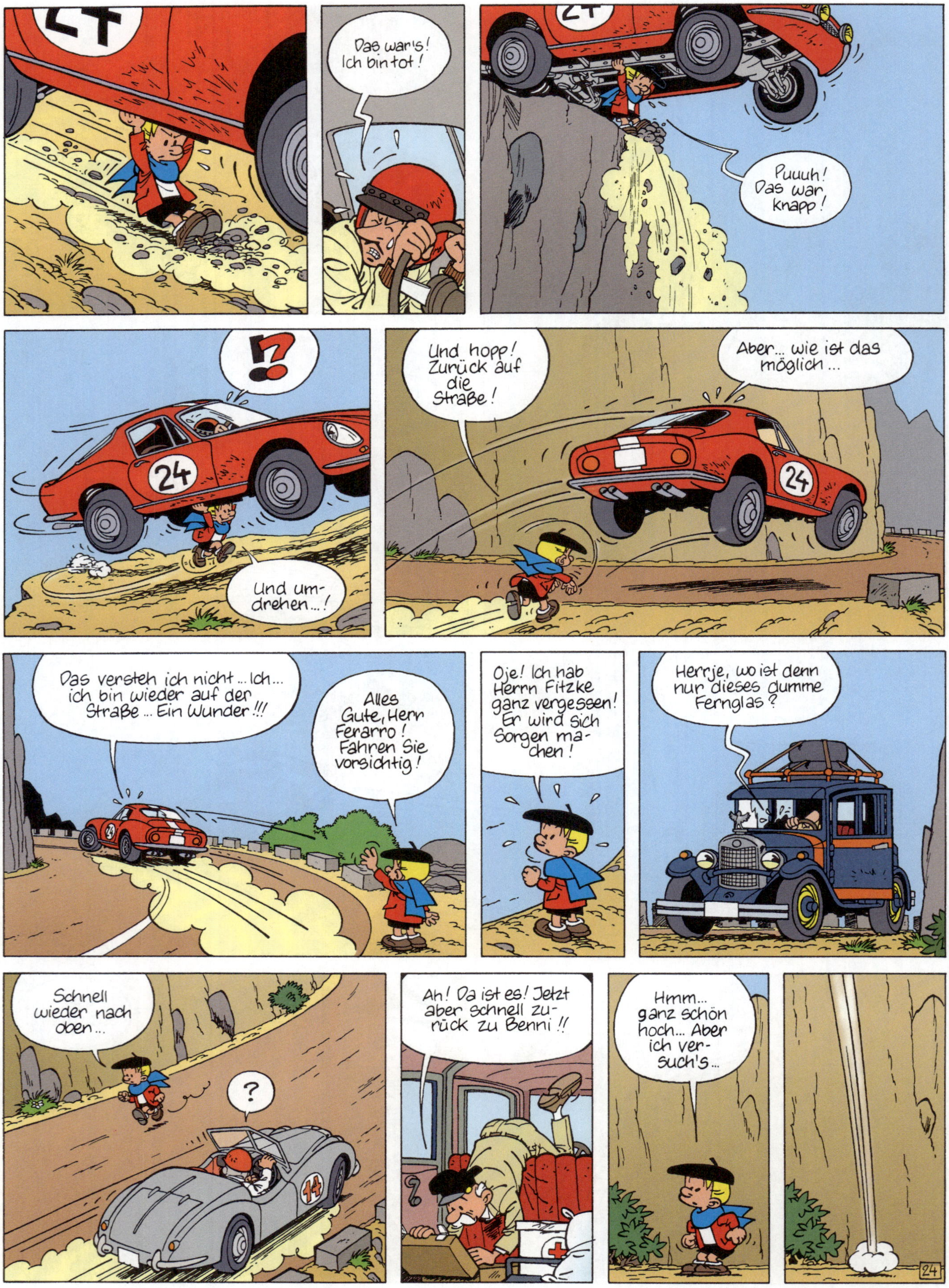
Das war's! Ich bin tot!
Puuuh! Das war knapp!
!?
Und umdrehen...!
Und hopp! Zurück auf die Straße!
Aber... wie ist das möglich...
Das versteh ich nicht... Ich... ich bin wieder auf der Straße... Ein Wunder!!!
Alles Gute, Herr Ferarro! Fahren Sie vorsichtig!
Oje! Ich hab Herrn Fitzke ganz vergessen! Er wird sich Sorgen machen!
Herrje, wo ist denn nur dieses dumme Fernglas?
Schnell wieder nach oben...
?
Ah! Da ist es! Jetzt aber schnell zurück zu Benni!!
Hmm... ganz schön hoch... Aber ich versuch's...
24

Da bin ich endlich wieder, Benni! Tut mir Leid, aber ich konnte das Fernglas nicht finden!
Ups!
Hoffentlich hast du dich nicht zu sehr gelangweilt!
Äh ... nein, nein!
So sieht man viel besser! Nanu? Ferarro ist zurückgefallen ...
Und da ist Viktor... Ganz schön schnell... Willst du mal schauen?
Lehn dich nicht zu weit vor! Du könntest fallen! ...
Oh, hör mal! Motorgeräusche!
Komm, Benni! Der erste muss gleich hier vorbeikommen!
Sieh mal!
14
Hallo, Kleiner!
25
?

Und da kommt Ferarro!
Oh!
Er hat den anderen Wagen einfach überholen lassen! Etwas zu vorsichtig, oder...?
Das ist verständlich, wenn man fast einen schlimmen Unfall gehabt hätte...
Was für einen Unfall denn, Benni?
Das war so: Sein Wagen kam von der Straße ab und raste auf den Abgrund zu. Aber ich konnte ihn zum Glück noch einholen, nachdem ich hinuntergesprungen war. Sie wissen ja, ich kann sehr schnell laufen... Kurz vor dem Abgrund habe ich ihn dann erwischt und wieder zurück auf die Straße gehoben. Weil ich ja auch sehr stark bin, war das keine große Sache... Dann bin ich schnell wieder hochgesprungen... Und das war's!
Ach ja? All das hast du getan?
Der Junge phantasiert ...Das muss die Höhe sein!
Ja! Aber jetzt sag ich erst mal Viktor guten Tag!
Äh... Einverstanden, aber spring nicht runter, ja?
Nein, warum denn? Da kommt er doch schon!
Hm... ja, sieht so aus!
VROOOOO
Er hält an!! Schnell, Benni!
Der Motor macht seltsame Geräusche, seit ich in den Bergen bin! Ich dachte schon, ich schaffe es nicht bis zu euch!
Ich hole das Werkzeug!

Mist! Jetzt werden mich bestimmt fast alle überholen!
Was ist das denn für ein Draht?
Das ist... Oh! Großartig, Benni!
Ich komme! Aber...?
Ist schon erledigt!
?
Was...
KLAPP
Benni hat den Fehler ganz allein gefunden! Durch ein loses Kabel gab es Unterbrechungen in der Stromversorgung! Ich hab's schon repariert!
Aber...
VROAAAR
Ich...
Du überraschst mich immer wieder, Benni! Komm, wir packen die Sachen ins Auto und fahren weiter!
?
Warten Sie, ich helfe Ihnen!
Das ist zu schwer für dich!
Aber ich bin sehr stark!
Ach, stimmt ja, du kannst sogar Autos anheben! Hier, nimm das, das wiegt nicht viel...
Zur gleichen Zeit...
Niemand zu sehen! Los, komm!
Na also! Der Karte nach dürfte das Ziel höchstens drei Kilometer entfernt sein... Und wir müssten einen guten Vorsprung haben...
WRUUMM
Während die beiden Betrüger fast am Ziel sind, ist Viktor noch weit entfernt...
?!
Nanu?
© Peyo
27

Wieso fährt Fenarro denn so langsam...? Hm... die Straße ist frei, niemand zu sehen... Also los!
iiiiiik
Komisch... keine Reaktion! Er hat nicht mal versucht, es zu verhindern! Wohl ein Problem mit dem Wagen!
Pah! Bis zum Ziel ist es nicht mehr weit! Bis dahin wird er es schon schaffen... Wenn ich meinen Vorsprung halte, könnte ich ihn sogar in der Gesamtwertung einholen...
Derweil versucht Herr Fitzke sein Möglichstes, die anderen Teilnehmer nicht zu behindern...
Vorsicht, Herr Fitzke, da sind schon wieder zwei Wagen, die überholen wollen...
Ganz an den Rand, sonst drängen sie uns noch von der Straße!
Und da ist es ziemlich tief!
Am Fuß des Berges liegt das Städtchen Reimbergen an der Ruhe, wo die Etappe endet...
RUHE
Viktor hat die Ziellinie schon vor einer ganzen Weile überquert...
Da! Fenarro fährt durchs Ziel!
Na, Alter? Du hast aber ganz schön lange gebraucht! Und dich überholen lassen wie ein Anfänger!
Das weiß ich selbst! Mein Wagen war nicht in Ordnung! Ein paar Mal hätte ich fast den Löffel abgegeben!
Ach! Äh... ich!
Ich wusste es! Schaut her: Jemand hat meine Lenkung manipuliert! Ein klarer Fall von Sabotage!
Oh!
Shocking!

Hast du gehört? Ferarros Wagen wurde sabotiert!
Das muss ich mir näher ansehen!
Da sind wir also endlich... Nanu?! Was ist denn das für ein Menschenauflauf da vorne?
Da kommt Viktor! Er hat uns gesehen!
Unfassbar! Der Wagen von Vince Ferarro wurde sabotiert!
Was?!
!
Deswegen ist er also von der Straße abgekommen, und ich musste in die Tiefe springen, um ihn zu retten...
Was?! Was redest du denn da? Er ist von der Straße abgekommen?!
Hm! Vergiss es! Gibt es schon einen Verdacht?
Aber das ist wahr!
Nein, bisher noch nicht... Und seltsamerweise will Ferarro auch keine Anzeige bei der Rennleitung machen...
Was?
Nie glaubt mir jemand... Es ist so ungerecht!
Sie sind heute auf der Bergstrecke die beste Zeit von allen gefahren! Gratulation! Auf welchem Platz liegen Sie jetzt in der Gesamtwertung?
Äh... ich ... nun... Platz achtzehn!
?
WAS?! Das kann nicht sein!
?
?
Ich habe sie heute kurz nach dem Start überholt! Später sind einige Wagen an mir vorbeigefahren... aber die waren nicht dabei, das weiß ich genau!
Wie können sie schneller gewesen sein als ich, wenn sie mich nicht überholt haben?!
Sie haben betrogen, das steht fest! Wo ist der Rennleiter? Kann sein, dass Ferarro keine Anzeige macht, aber ich werde es bestimmt tun!
Viktor! Warte auf uns!
Verdammter Mist! Der Kerl wird uns noch verpfeifen! Das muss ich verhindern...
29

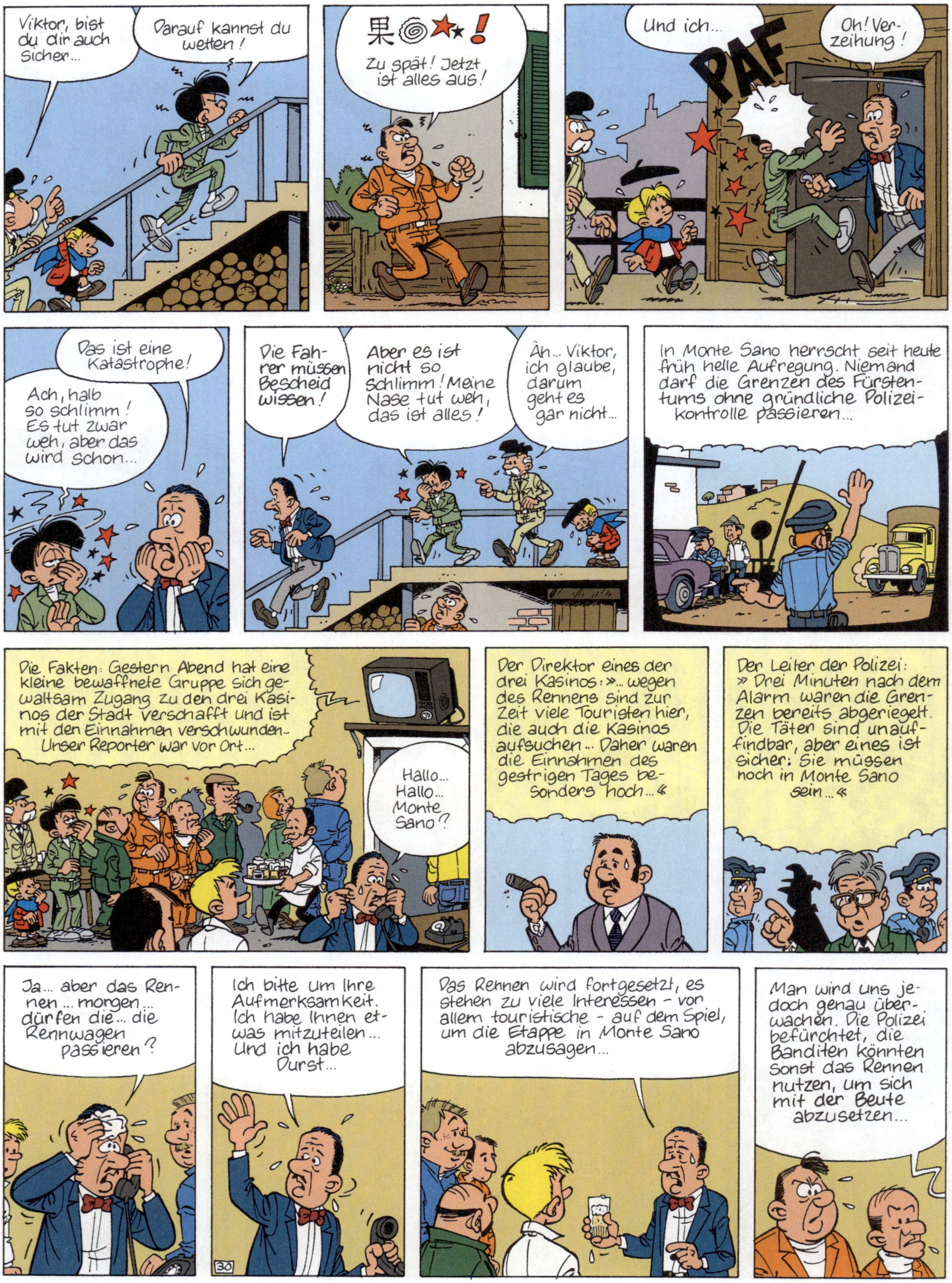

Viktor, bist du dir auch sicher...
Darauf kannst du wetten!
果◎★★!
Zu spät! Jetzt ist alles aus!
Und ich...
PAF
Oh! Verzeihung!
Das ist eine Katastrophe!
Ach, halb so schlimm! Es tut zwar weh, aber das wird schon...
Die Fahrer müssen Bescheid wissen!
Aber es ist nicht so schlimm! Meine Nase tut weh, das ist alles!
Äh... Viktor, ich glaube, darum geht es gar nicht...
In Monte Sano herrscht seit heute früh helle Aufregung. Niemand darf die Grenzen des Fürstentums ohne gründliche Polizeikontrolle passieren...
Die Fakten: Gestern Abend hat eine kleine bewaffnete Gruppe sich gewaltsam Zugang zu den drei Kasinos der Stadt verschafft und ist mit den Einnahmen verschwunden... Unser Reporter war vor Ort...
Hallo... Hallo... Monte Sano?
Der Direktor eines der drei Kasinos: »... wegen des Rennens sind zur Zeit viele Touristen hier, die auch die Kasinos aufsuchen... Daher waren die Einnahmen des gestrigen Tages besonders hoch...«
Der Leiter der Polizei: »Drei Minuten nach dem Alarm waren die Grenzen bereits abgeriegelt. Die Täter sind unauffindbar, aber eines ist sicher: Sie müssen noch in Monte Sano sein...«
Ja... aber das Rennen... morgen... dürfen die... die Rennwagen passieren?
Ich bitte um Ihre Aufmerksamkeit. Ich habe Ihnen etwas mitzuteilen... Und ich habe Durst...
30
Das Rennen wird fortgesetzt, es stehen zu viele Interessen – vor allem touristische – auf dem Spiel, um die Etappe in Monte Sano abzusagen...
Man wird uns jedoch genau überwachen. Die Polizei befürchtet, die Banditen könnten sonst das Rennen nutzen, um sich mit der Beute abzusetzen...

Noch eines: Vergessen Sie nicht, dass die morgige Etappe entscheidend für den Fortgang des Rennens ist.
Weshalb ist diese Etappe denn so wichtig ?
Weißt du das denn nicht? Der Rennleiter hat es doch bei seiner Ansprache vor dem Start des Rennens ganz genau erklärt...
Äh... um ehrlich zu sein, das hab ich mir nicht bis zum Ende angehört, und...
Verstehe schon! War eine ziemlich lange Rede...
?
Nur die ersten zwanzig der vorigen Etappen nehmen an der Endrunde in Monte Sano teil! Deswegen wird morgen jeder alles daransetzen, zu ihnen zu gehören...
Ach?
Man wollte die Zahl der Teilnehmer an der Endrunde aus organisatorischen Gründen reduzieren, weil das Fürstentum so klein ist und ein Rennen viel Aufwand bedeutet...
Ja, das kann ich verstehen ...
Umso wichtiger ist es natürlich für jeden Fahrer, bis zum Ende dabei zu sein.
Und ich frage mich immer noch, ob mancher dafür nicht mehr als das Erlaubte tun würde...
?
Was soll's? Der Rennleiter hat jetzt andere Dinge im Kopf... Und ich habe nicht einmal Beweise für meinen Verdacht...
Hallo... Monte Sano?
$$
Legen wir uns lieber hin! Morgen geht's um die Wurst, da sollten wir frisch und ausgeruht sein...
Die Nacht legt sich über alle Ereignisse, und die Stadt geht schlafen...
Aber so mancher Fahrer findet einfach keinen Schlaf...
Achter in der Gesamtwertung... Ich sollte es eigentlich schaffen... wenn alles gut geht!
Andere scheinen gar nicht schlafen zu wollen...
31

Am nächsten Morgen starten alle mit dem Ziel, unter die ersten Zwanzig zu kommen...
WRUUMM
17
Wir sind achtzehnte! Wenn dir dein Wohlergehen am Herzen liegt, dann sorg dafür, dass wir uns qualifizieren!
Das wird nicht leicht, so wie die alle rasen!
Ich hab dafür gesorgt, dass sie nicht ganz so schnell fahren werden...
?
17
Und tatsächlich nimmt schon der erste Teil der Strecke Richtung Monte Sano für viele der Fahrer keinen guten Verlauf...
Einer weniger!
39
Tut mir Leid... Meine Lenkung scheint defekt zu sein... Ich verstehe das nicht!
Ha! Ha! Ha!
32
Auch Viktor hat Probleme...
Gut, dass Benni gesehen hat, wie du langsamer wurdest, sonst...
GLUCK! GLUCK
7
Aber komisch ist es trotzdem! Ich kann keine undichte Stelle finden! Und der Tank war gestern noch fast voll! Das macht doch keinen Sinn!!
Das Rad! Vorsicht!!
BONG
5
Zur Seite, Benni!

Ich hab's!
Äh...
BONG
PLATSCH
Pfffftsch!
Muuh!
Benni?! Wo bist du?
Oh! Fräulein Borgward?! Ist alles in Ordnung?
Es... geht...
Hier bin ich! Und hier ist auch das Rad!
Du bist ja ganz nass!
Schnell! Wir müssen es wieder montieren!
Nein!
Sie müssen weiterfahren, Viktor! In dieser Etappe geht es um alles! Setzen Sie Ihre Chance nicht meinetwegen aufs Spiel!
Aber...
Fräulein Borgward hat Recht, Viktor! Fahr weiter, Benni und ich kümmern uns um das Rad...
Ich... na gut!
Viel Glück!
Gut! An die Arbeit! Aber...
33
Da ist etwas gebrochen! Unmöglich, das zu reparieren!
Mist! Mein Reserverad habe ich schon benutzt, als mir ein Reifen geplatzt ist! Tja, dann ist das Rennen für mich wohl gelaufen...
Herr Fitzke, wir haben doch noch einen auf dem Dach Ihres Taxis...
?
Du hast Recht, Benni! Los!
Ein paar Minuten später...
Na also! Jetzt lass uns schnell nach Monte Sano fahren! Ich bin auf das Etappenergebnis gespannt...
5

Vor der Grenzstation von Monte Sano warten die Rennteilnehmer voller Ungeduld auf das Ergebnis...
Hier nun das Endergebnis! Ich fasse mich kurz, um Sie nicht zu sehr auf die Folter zu spannen...
Gute Idee...
In der Reihenfolge ihrer Platzierung haben sich folgende Wagen qualifiziert: 19, 22, 20, 24, 14, 11, 28, 10, 15, 7, 23, 5, 29, 31, 4, 12, 8, 25, 17 und 21...
Diese zwanzig Wagen werden nun von der Polizei zu ihrem Hotel eskortiert...
Da sind wir, Viktor! Und?
Ich hab's geschafft... Platz zehn, glaube ich!
Toll!
Hast du's gehört? Wir sind dabei!
Pfffuuu!
Am Abend, im Krösus-Palast, im Herzen von Monte Sano...
Meine Damen, meine Herren! Ich bin Jo Di Banchio, der Direktor dieses Hotels, und heiße Sie herzlich willkommen! Fühlen Sie sich bei uns wie zu Hause! Einen schönen Abend, und viel Glück für morgen...
HOTEL
CASINO
KRÖSUS PALAST
Herr Di Banchio, danke für den freundlichen Empfang! Und das bei all der Unruhe...
Keine Ursache! Wie stehen übrigens die Ermittlungen, Herr Kommissar?
Meine Leute sind rund um die Uhr im Einsatz, wir haben aber noch keine Spur!
Aber auch wenn sie ein noch so gutes Versteck haben, müssen sie die Beute irgendwann über die Grenze schaffen! Und dann erwischen wir sie!
Das hoffe ich sehr!
Ich habe mit Vertretern der Regierung gesprochen... Man hat mir zu verstehen gegeben, dass man auch dort endlich Fortschritte erwartet...
Hallo, Viktor!
Oh, hallo, Fräulein Borgward! Äh... gut sehen Sie aus!
Sie aber auch, mein Lieber! Ich muss Ihnen noch einmal danken! Ohne Ihre Hilfe hätte ich mich wohl kaum qualifizieren können...
Aber nein, aber nein!
34
Aber ja, aber ja!
SCHMATZ
Mein Kompliment, Fräulein... Sie sehen phantastisch aus!
Hi! Hi! Hi! Alter Charmeur!
Mö... möchten Sie ein Glas Champagner?

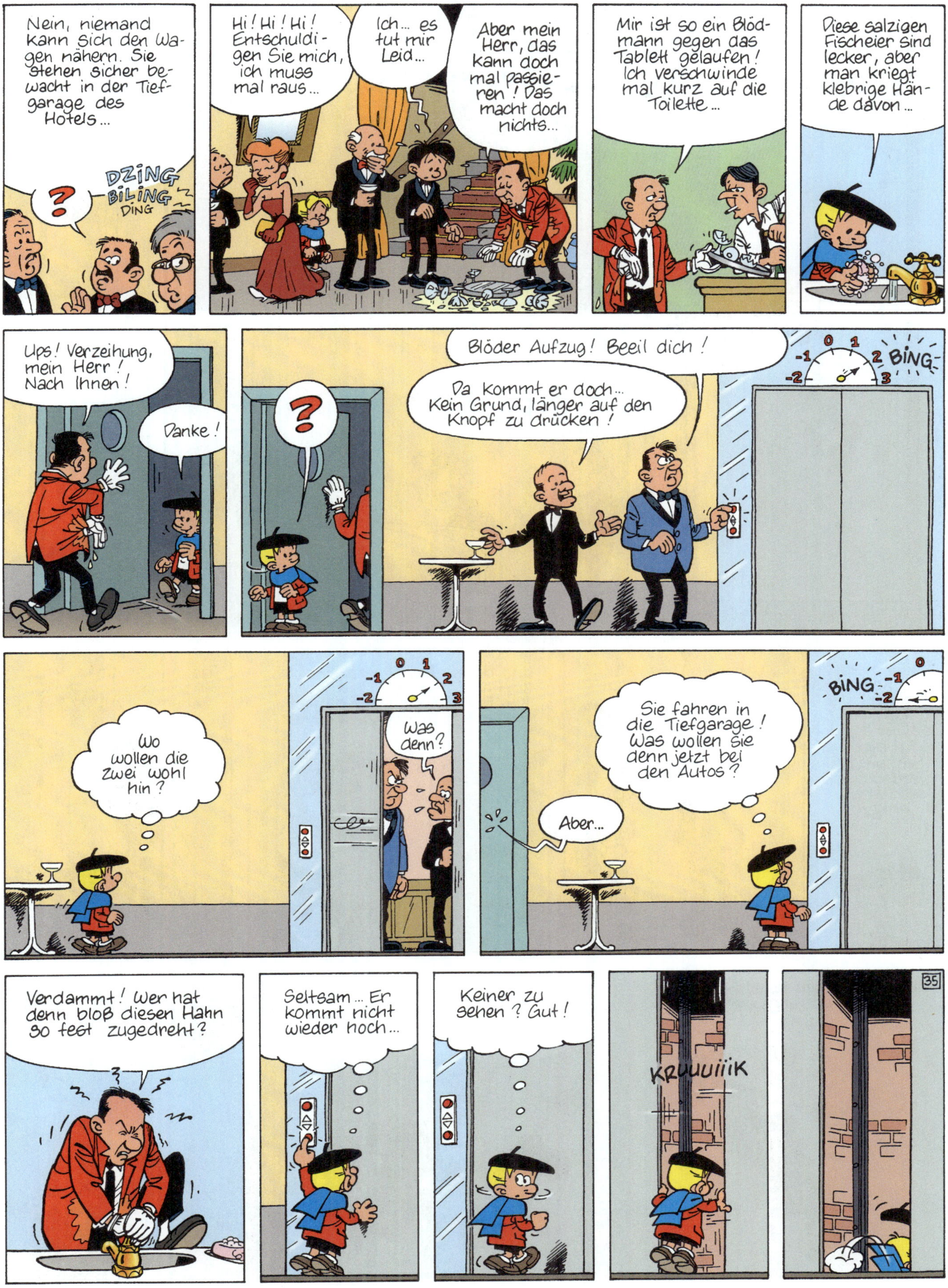
Nein, niemand kann sich den Wagen nähern. Sie stehen sicher bewacht in der Tiefgarage des Hotels...
?
DZING BILING DING
Hi! Hi! Hi! Entschuldigen Sie mich, ich muss mal raus...
Ich... es tut mir Leid...
Aber mein Herr, das kann doch mal passieren! Das macht doch nichts...
Mir ist so ein Blödmann gegen das Tablett gelaufen! Ich verschwinde mal kurz auf die Toilette...
Diese salzigen Fischeier sind lecker, aber man kriegt klebrige Hände davon...
Ups! Verzeihung, mein Herr! Nach Ihnen!
Danke!
?
Blöder Aufzug! Beeil dich!
Da kommt er doch... Kein Grund, länger auf den Knopf zu drücken!
BING
Wo wollen die zwei wohl hin?
Was denn?
BING
Sie fahren in die Tiefgarage! Was wollen sie denn jetzt bei den Autos?
Aber...
Verdammt! Wer hat denn bloß diesen Hahn so fest zugedreht?
Seltsam... Er kommt nicht wieder hoch...
Keiner zu sehen? Gut!
KRUUUIIIK
35

Ich seh mal nach, was sie da unten machen... Man weiß ja nie, vielleicht hatte Viktor Recht mit seinem Verdacht ...
Vier Stockwerke tiefer...
-2
POCK
Hmm... Warum haben sie wohl den Fahrstuhl blockiert? Und wo sind sie hin?
PAF
Nein, wartet! Der Feuerlöscher muss raus...
?
So! Jetzt ist es nicht mehr ganz so schwer...
17
GANGSTER!
Viktor hatte also Recht! Ihr sabotiert die Wagen, um zu gewinnen! Und jetzt den eigenen, um den Verdacht von euch abzulenken...
Aber nein! Nein, wir...
Sei still, du Idiot!
Und du kassierst jetzt eine saftige Ohrfeige!! Diesmal kommst du mir nicht davon! Hier unten gibt's keine Bäume!
Das werden wir ja sehen!
PAF
He! So tut doch was! Steht nicht da wie angewurzelt!
Na warte, du Zwerg! So leicht kommst du uns nicht davon!
Äh... Aber...?
PAF BING BAF

Entschuldigen Sie mich bitte! Ich muss mich darum kümmern, dass alles seinen geregelten Gang geht...
BING BING
Was geht denn hier vor sich ?!
Ich... ich versuche, diesen Wasserhahn zu öffnen...
Na gut, aber machen Sie das bitte etwas leiser!
Na, Viktor? Hat's wegen Fräulein Borgward Scherben gegeben? Ich sag's ja immer: Der Alkohol und die Frauen sind die Feinde des Rennfahrers!
Nun...
Ach, Viktor... Wegen des Unfalls von Fräulein Borgward wollte ich dir noch etwas zeigen...
Vielleicht kommen Sie auch mit, Herr Ferarro? Es wird Sie interessieren!
Währenddessen...
So, nun sind nur noch Sie übrig, stimmt's...?
Aber ich...
POCK
Ups!
PRFFFF
Jetzt sehen Sie nur, was Sie angerichtet haben!
Tut... tut mir Leid! Ich wollte nicht...
Und kalt ist es auch no...
Äh... Gesundheit!
HATSCHI
Mist, ein Schnupfen! Jetzt ist meine ganze Kraft weg! Sniff! Ich muss Hilfe holen...
SNIFF
Äh... warten Sie!
DING
37
Oh! Da kommt jemand aus dem Aufzug... Sniff!

Was machst du denn hier? Und warum bist du so nass?
Einer der Gangster, die die Wagen sabotieren, hat mich mit dem Feuerlöscher besprüht, weil ich seine Komplizen...
Was erzählst du denn da? Wo sind die Gangster, von denen du redest?
Hier! Sie ha...
HATSCHI!!
Aber... das sind doch die Leute vom Sicherheitsdienst! Was sollen die denn mit einer Sabotage zu tun haben?!?
Wir haben die Wagen nicht angerührt, Herr Di Banchio...
Sniff! Die vielleicht nicht, aber die beiden anderen! Viktor hat den Verdacht, dass sie betrügen...
!
Das stimmt! Und hier ist der Beweis!
Dieses Rad, das Fräulein Borgward während der letzten Etappe verloren hat... Es ist eindeutig, dass es jemand manipuliert hat!
POF
Das sind meine Freunde!
WAS?!
Sie haben die Wagen Ihrer Konkurrenten sabotiert?!
Ich... nicht ich, sondern er...
Das war ja wohl ein klares Geständnis!
In der Tat! Der Rennleiter wird sich bestimmt sehr für diese Geschichte interessieren...
Und wenn ich mich nicht täusche, die Polizei ebenfalls! Ich wüsste zu gern, was in diesen Säcken ist!
Gut! Das genügt! Ihr zwei kümmert euch um die drei und den Jungen! Fesselt sie ordentlich, damit sie sich nicht befreien können!
?
Aber...
Ja, Herr Di Banchio!
38
Was ist bloß in euch gefahren? Ihr solltet doch auf keinen Fall Aufsehen erregen!!
Schluck... Es war seine Schuld... Er fährt so schlecht, dass wir uns nie qualifiziert hätten, wenn ich nicht...
Was?! Aber...
Auf jeden Fall war es nicht meine Idee, die Wagen zu sabotieren...

Und der Wagen von Herrn Ferarro? Er wäre fast verunglückt! War das keine Sabotage ?!
Äh... nein, ich...
Jetzt reicht's aber! Ferarros Wagen habe ich nie angerührt... Das hat mich nur auf die Idee gebracht...
Lügner!
Nein, Viktor, es stimmt... Ich... ich bin in den Bergen in Panik geraten... Ich sah meinen Unfall vor zwei Jahren wieder vor mir... Wie ich den Wagen wieder abgefangen habe, weiß ich bis jetzt noch nicht...
Als die anderen mich alle überholten, wurde mir klar, dass meine Zeit sehr schlecht sein würde. Da habe ich meinen Wagen am Fuß des Berges selbst »sabotiert«, um mein Versagen zu vertuschen... Es tut mir Leid...
Ist ja rührend, aber was machen wir mit ihnen? Sie gefährden unseren Plan...
Hmm... Ich kann zwar versuchen, meinen Einfluss geltend zu machen, um aus der Stadt herauszukommen, aber wenn Fahrer verschwunden sind, wird die Polizei ihre Kontrollen trotz allem verschärfen...
Sehen Sie? Sie haben verloren! Da können Sie uns ebenso gut gleich wieder freilassen und sich der Polizei stellen!
Hatschi!!
Keine schlechte Idee!
He! Hilfe!
Der Junge ist unsere Garantie für euer Schweigen!
Glp!
Ihr werdet morgen ohne jedes Aufsehen das Rennen fahren, oder wir machen Hackfleisch aus dem Kleinen!
Monster! Bandit!
Schrei nur, auf jeden Fall werdet ihr auf uns hören! Bring den Jungen weg!
Herr Fitzke! Ich will nicht zu Hackfleisch gemacht werden!
So finden unsere Freunde sich nach einer durchwachten Nacht am nächsten Morgen tatsächlich am Start ein...
Meine Güte! Wir können diese Gangster doch nicht einfach so entkommen lassen...
Was sollen wir tun? Wir dürfen Benni nicht in Gefahr bringen...
Und Ferarro?
Er sieht die Sache genauso!... Schau, er macht sich bereit, als ob überhaupt nichts wäre...
Ich weiß nicht, ob wir uns auf ihn verlassen können. Seit seinem Geständnis von gestern traue ich ihm nicht mehr so recht!
Fahr du das Rennen, ohne viel zu riskieren... Ich versuche inzwischen, Benni wiederzufinden...
Aber wo haben die Gangster Benni hingeschafft?
Du versteckst dich unter der Decke, und wehe dir, wenn du auch nur einen Mucks machst! Verstanden?
Ja... Sniff!
Wir sind gleich an der Reihe...

Die Siebzehn an den Start! Sie sind dran!
Sehen Sie, mein Lieber, die Wagen waren gut bewacht! Ihnen ist nichts passiert!
Ja, ich weiß! Wir haben das Hotel die ganze Nacht überwacht ... aber niemand hat sich den Garagen genähert!
Äh ... ach ja? Sehr ... äh ... gut!
Und jetzt passen wir auf, dass auch beim Start nichts Verdächtiges geschieht!
Ah!
HATSCHI!
!
Sei still!
?
Was war denn das gerade?
Äh...
HAATSCHIA
Hoppla!
Entschuldigung ... Hab mich wohl erkältet ...
Schon gut, fahren Sie!
Schnuff...
O weh! Das war Benni, da bin ich sicher! Er ist in ihrem Wagen!!!
Zu spät, um sie noch aufzuhalten ... Sie starten gerade!
Ekelhaft!
Topp!
Ich bin gleich an der Reihe! Ich muss sie einholen!
Kurz darauf rast Viktor mit Höchstgeschwindigkeit hinter dem Wagen mit Benni an Bord her ...
Ich hätte Fitzke noch Bescheid sagen sollen ... Ah! Endlich ein Wagen!
Nein, das sind sie nicht! Komisch, sonst waren diese Halunken immer so langsam!
Oh! Da unten sind sie! Sie haben die Rennstrecke verlassen!!

Alles auf eine Karte! Sie dürfen nicht entkommen!
Aber...
Das ist doch Viktor! Und da unten ist der gelbe Wagen... die Gangster! Wenn er versucht, sie zu schnappen, verspielt er all seine Chancen beim Rennen...
Schade um die Blumen...
Äh... Stanislas... Uns folgt ein Wagen mit Höchstgeschwindigkeit...
Guck du nach vorn! Der junge Rennfahrer ist uns auf den Fersen!
Er hat es so gewollt! Jetzt werde ich andere Saiten aufziehen!
Ich hab sie eingeholt... Aber ich darf nicht zu viel riskieren, solange sie Benni noch... Oh! Aber...
PANG
PANG
Sie schießen!! Ich...
TACK
BANG
41

Pfrrrtsch!
Mir ist nichts passiert... Ein Wunder!
Aber die Gangster sind natürlich weg! Und jetzt habe ich keine Chance mehr, sie wieder einzuholen ...
TUUUT!
Viktor Schnell!
Sind Sie unverletzt?
Herr Ferarro!
PLITSCH PLATSCH
Und das Rennen? Jetzt können Sie nicht mehr...
Zum Teufel mit dem Rennen! Wir müssen die Banditen schnappen!
Einige Augenblicke später...
Da sind sie!
Vorsicht! Benni ist auch im Wagen!
Äh... haben wir den Kurs wirklich verlassen? Dahinten ist Ferarro!
Achtung! Der schießt nicht so schlecht, wie der andere fährt!
PANG PANG PANG
Zwecklos! Wir können nichts tun, ohne Benni zu gefährden!
Wir müssen es trotzdem versuchen!
Im selben Moment, im Wagen der Gangster...
Pfff! Ganz schön warm hier unten! Und das...
...ist gut für meinen Schnupfen! Ich frage mich gerade, ob...
Fahr doch ein bisschen vorsichtiger! So kann ich überhaupt nicht zielen!
Ja, ja... Immer ist alles meine Schuld!
Wer hat dir erlaubt, da rauszukommen?
Sie schießen auf die anderen?
PAF
42
He! Ich bin wieder gesund!

Halten Sie sofort den Wagen an!
Ich... äh... nein, das mach ich nicht!
?
Na gut! Dann steigen wir eben so aus!
PAF
Nein ... Nicht! Der Wagen!!
Der Wa...
PLUFF
Sie sind rausgesprungen... Sie müssen einen Schleudersitz oder so was haben...
Oh! Ihr Wagen!
CRASH
Benni! Alles klar?
Ja, mein Schnupfen ist weg!
Ich hab das langsam satt...
Der Wagen!
Die... die Sitze...
43
WRUP WRUP WRUP WRUP WRUP WRUP

WRUP WRUP WRUP WRUP
WRUP WRUP WRUP
TATÜÜ TATAA
Das Geld! Das schöne Geld fliegt weg!
Welches Geld denn?
Das Geld aus den Kasinos, das wir in den Sitzen versteckt hatten, um es über die Grenze zu bringen...
Wir hatten die Sitze nach der Inspektion in Florentina gerade ausgebaut, als du uns kurz vor dem Start überrascht hast...
Es war ein perfekt geplantes Verbrechen! Nie wäre uns jemand auf die Schliche gekommen, wenn diese beiden Dummköpfe sich nicht so saublöd angestellt hätten!
He! Ich kann nichts dafür! Der da war es...
Das ganze Geld!
Wo kommst du denn her?
Ich habe Benni am Start auch niesen gehört, und...
Ich habe deinen Wagen gesehen! Tut mir Leid...
Mir ist nichts passiert, das ist die Hauptsache... Aber eine Karriere als Rennfahrer mache ich jetzt wohl nicht! Schade, es war ein schöner Traum!
Kommt nicht in Frage! Du bist mit deinem kleinen Wagen ein prima Rennen gefahren! Du darfst auf keinen Fall aufhören!
Aber...
Ich hänge die Fahrerei an den Nagel, dieser Unfall holt mich ja doch immer wieder ein! Aber ich mache einen eigenen Rennstall auf, und du wirst mein erster Fahrer!
Echt?
JIPPIIII!
Nach der letzten Etappe kommt es zu noch einer Überraschung...
Viktor, für mich bist du ein Held!
Glückwunsch, Fräulein Borgward! Wir... wir sehen uns doch im nächsten Jahr wieder, oder?
Wenn ich das meinen Freunden zu Hause erzähle...
Zum ersten Mal hat eine Frau das Rennen gewonnen!
Kein Wunder, es hat ja schließlich auch zum ersten Mal eine teilgenommen!
Ende
© Peyo 44